Hank el cuida-mascotas

#4

Elmer la oveja sigilosa

Por Claudia Harrington Ilustrado por Anoosha Syed

Calico Kid
An Imprint of Magic Wagon
abdopublishing.com

Special thanks to Marie Parent & Streaker, the original Elmer —CH

Un agradecimiento especial a Marie Parent y Streaker, el Elmer original —CH

For Mirha —AS

Por Mirha —AS

abdopublishing.com

Published by Magic Wagon, a division of ABDO, PO Box 398166, Minneapolis, Minnesota 55439.

Printed in the United States of America, North Mankato, Minnesota.
052018
092018

Written by Claudia Harrington
Translated by Telma Frumholtz
Illustrated by Anoosha Syed
Edited by Heidi M.D. Elston
Art Directed by Candice Keimig

Library of Congress Control Number: 2018933164

Publisher's Cataloging-in-Publication Data

Names: Harrington, Claudia, author. | Syed, Anoosha, illustrator.
Title: Elmer la oveja sigilosa / by Claudia Harrington; illustrated by Anoosha Syed.
Other title: Elmer the very sneaky sheep. Spanish
Description: Minneapolis, Minnesota : Magic Wagon, 2019. | Series: Hank el cuida-mascotas; #4
Summary: Hank pet sits Elmer the very sneaky sheep. Elmer can open doors and escape.
Identifiers: ISBN 9781532133299 (lib.bdg.) | ISBN 9781532133497 (ebook) |
Subjects: LCSH: Sheep--Juvenile fiction. | Petsitting--Juvenile fiction. | Pets--Juvenile fiction. | Lost pets--Juvenile fiction.
Classification: DDC [E]--dc23

Tabla de contenido

Capítulo #1

El niño nuevo

Era verano, y Hank estaba aburrido. Su bicicleta seguía rota. Sus amigos seguían fuera. Solo Janie quedaba en el vecindario.

Dinero
para bici

Janie era mandona. Janie era fastidiosa. Janie estaba en frente de él. Otra vez.

Hank esperaba que consiguiera una nueva mascota para cuidar. Pronto.

Se sentó en el barro y se puso a excavar en búsqueda de gusanos.

—Los gusanos son buenos para la tierra, ¿sabías? —dijo Janie.

—¿No tienes algún césped que cortar? —preguntó Hank.

—Si los gusanos no tienen comida, agua, y la temperatura ideal, se irán —dijo Janie.

—Tú no tienes comida ni agua —dijo Hank—. ¿Por qué no te vas?

—Tsk —dijo Janie.

—¡Hola! —dijo un niño. Hank nunca lo había visto—. ¿Sabes donde vive Hank?

—¿Quién quiere saber? —Janie sacó una cámara de su bolso y tomó una foto del niño—. Nunca se puede ser demasiado seguro, sabes.

—No te preocupes por ella —dijo Hank—. Yo soy Hank.

—Genial —dijo el niño—. He oído que cuidas mascotas.

—¡Sí! —dijo Hank.

El niño pateó al barro—. Soy Tommy. Acabamos de mudarnos aquí. Nuestra oveja se escapa de vez en cuando. ¿Puede quedarse en tu garaje? Es solo por esta noche.

—¿Cómo se escapa? —preguntó Hank.

Tommy sonrió—. Abre puertas.

Le saltaron los ojos a Hank.

—Pero estará bien —dijo Tommy—. Nuestra cabra y pato no estarán ahí para animarle.

—Tsk —dijo Janie—. No me suena nada bien eso.

—¿Y a ti quién te preguntó? —dijo Hank—. Supongo que esta bien.

¡Genial! —dijo Tommy—. Vuelvo en un minuto.

Capítulo #2

Conoce a Elmer

Tommy volvió, con una carreta desbordando con heno. Detrás suyo, trotaba una oveja gorda—. Este es Elmer.

—Hola —dijo Hank.

Baaaaa —dijo Elmer.

Le gusta acostarse sobre virutas de pino esponjosas —dijo Tommy—. Y aquí hay algo de heno y trébol, por si no quieres que se coma tu césped. Te seguirá por fruta o galletas de animalitos.

—Que rico —dijo Hank.

Baaaaaa —dijo Elmer.

—Nos vemos mañana —dijo Tommy—. A lo mejor puedes venir a mi casa a nadar después. Tenemos un estanque.

—Guay —dijo Hank.

Tommy se dió la vuelta para irse—. Elmer está domesticado. Así que no te preocupes si aparece adentro. ¡Adiós!

¡Adentro! ¿En que se había metido Hank?

Capítulo #3

De vuelta a la cama

Esa noche, Hank se acurrucó bajo sus cobijas. Era bastante raro tener una oveja en el garaje.

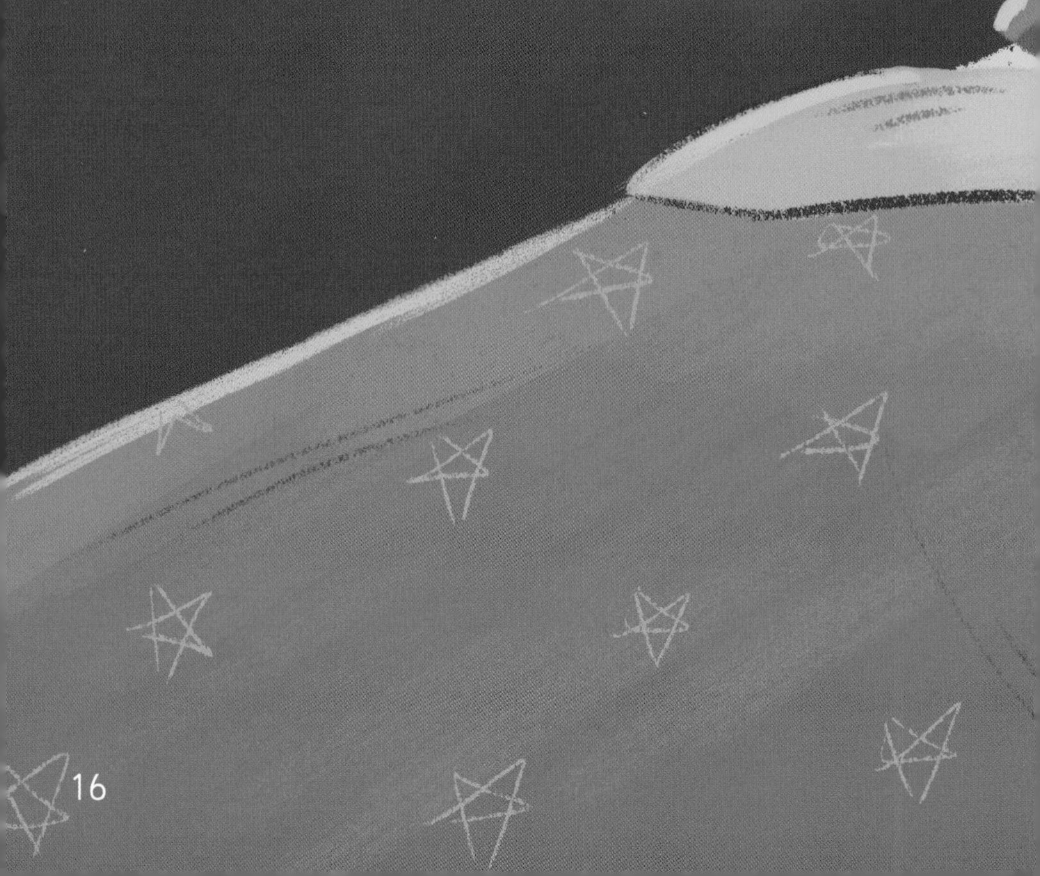

La casa estaba oscura. La casa estaba silenciosa.

Excepto por un clomp-clomp.

¿Era un ladrón? ¿Era un fantasma?

Hank se corrió para abajo. Se trajo las cobijas por encima de la cabeza.

Baaaa —dijo Elmer.

Hank sacó la cabeza—. ¿Elmer? ¡Vuelve a la cama!

Baaaaaa —dijo Elmer. Estaba tan cerca que podían haber tocado narices.

Hank lo sobornó para volver al garaje con un plátano. Esponjó sus virutas—. ¡Justo como te gusta!

Cuando Hank volvió debajo de sus cobijas, se durmió enseguida.

Baaaa —dijo Elmer.

—¿Acaso no duermes? —preguntó Hank—. ¿Qué te parece un cuento para dormir? Después, de vuelta a la cama. ¡Voy en serio!

Hank le leyó sobre el lobo grande y malo.

Elmer simplemente le miraba.

—¿Demasiado espantosa? —preguntó Hank—. ¿Qué tal algo de agua? Después de vuelta a la cama Elmer.

Hank le sirvió agua a Elmer. Se sirvió chocolate caliente a si mismo, con cuatro malvaviscos.

Elmer olió al aire. Olfateó la taza de Hank.

¡PUM! Chocolate caliente salpicó por todos lados.

—¿Hank? —llamó su mamá.

—Estoy bien —contestó Hank.

—Oh no —dijo Hank. Había chocolate chorreando de todo. La lana de Elmer estaba pegajosa con malvavisco.

—¿Qué te parece un buen baño? —susurró Hank—. Después, directo a la cama Elmer.

Hank bostezó. Le empezó un baño de burbujas a Elmer. Uso MUCHAS burbujas.

—Oh no —dijo Hank—. ¿Dejaste entrar a tus amigos?

Un pato salpicó espuma por todos lados. Una cabra mordisqueó papel de baño. ¿Qué haría su mamá si viera esto?

—Hay que recoger este desastre —susurró Hank—. Después, directo a la cama.

Baaaaa —dijo Elmer.

Capítulo #4

ZZZZZ

Hank secó a Elmer con la secadora de su mamá. Elmer quedo tan grande, ¡parecía inflado! ¿Qué le diría Tommy?

Janie metió la cabeza por la ventana—. ¿Qué es todo ese ruido? Mis padres me dijeron que investigara.

—Elmer esta demasiado esponjoso —dijo Hank—. No creo que vaya a caber por la puerta.

—Ya entro —dijo Janie. Sacó gomas de pelo de su bolso—. ¡Se ve adorable con coletas!

Hank negó con la cabeza—. Se ve ridículo. Y aún no cabrá. Ves a casa. Tengo una idea.

Cuando Janie se había ido, Hank apuntó la cabra hacia Elmer y le dio un empujón. Pero la cabra vió la túnica de la mamá de Hank en un gancho. Mordisqueó al cinturón.

—Oh no —dijo Hank. Corrió a la cocina a por galletas de animalitos.

—De vuelta a la cama todos —dijo Hank. Dejó caer las galletas de animalitos una por una, guiándolos todos al garaje.

Hank esponjó las virutas de Elmer. Luego, volvió a su cama de puntillas y cerró los ojos.

Pero había demasiado silencio. Hank no podía dormir.

Bajó al garaje de hurtadillas y se acurrucó en el heno. El pato se colocó a los pies de Hank. La cabra mordisqueaba dormido. Elmer se le acercó a acurrucarse.

Baaaaaa —dijo Elmer.

Pero Hank no le escuchó. Estaba ya dormido.

Cuando llegó Tommy al día siguiente, Hank no estaba en su patio. No estaba en la cocina. No estaba en su habitación.

—¿Elmer? —llamó Tommy. Entró al garaje de puntillas.

Janie enroscaba la lana de Elmer con broches brillantes. La cabra mordisqueaba el heno de Elmer. El pato aleteaba desde las vigas. Y Hank roncaba dormido.

—Genial Hank —dijo Tommy—. ¡Parece que les caes bastante bien! Vente a mi casa cuando te despiertes. Dejó el dinero en en jarrón de Hank. Después, dirigió a Elmer y a sus amigos de vuelta a casa.